그대 앞에 봄이 있다

김종해 서정시집

문학세계사

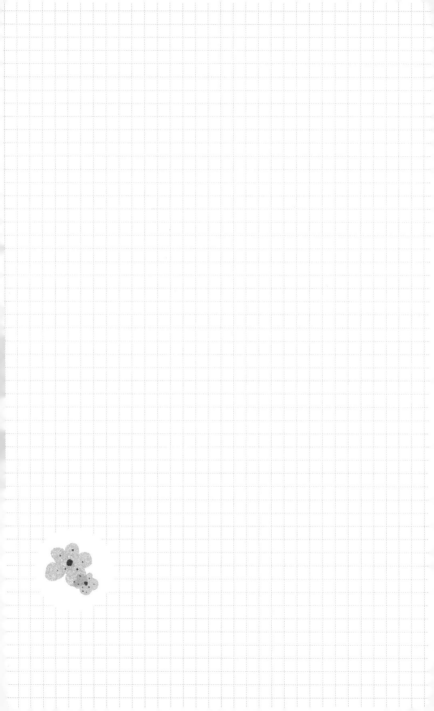

내가 좋아하는, 내가 쓴 서정시 33편

　시인으로 등단한 지 54년째 봄을 앞두고 있습니다. 봄을 기다렸던 그 기간 동안, 사람의 몸으로 부딪혔던 온갖 열정과 감성, 슬픔과 눈물, 고통과 위안이 담긴 서정시들 가운데 '내가 좋아하는, 내가 쓴 서정시 33편'을 스스로 골라 보았습니다.

　누군가의 마음에 가닿지 않는 의미 없는 노래, 울림이 없는 노래가 될지는 모르지만, 누군가에게는 따스한 온기를 전해 주는 곁불이 되어 줄 것이라 믿습니다.

　이 세상에 태어나서 사람 사는 세상의 마음과 소통할 수 있는 시인이 될 것을 새삼 다짐합니다.

지봉池峯 김종해

차례

1
그대 앞에 봄이 있다

2

그대를 보내며

3

탄환

4

가을에는 떠나리라

1

그대 앞에 봄이 있다

그대 앞에 봄이 있다

우리 살아가는 일 속에

파도 치는 날 바람 부는 날이

어디 한두 번이랴

그런 날은 조용히 닻을 내리고

오늘 일을 잠시라도

낮은 곳에 묻어 두어야 한다

우리 사랑하는 일 또한 그 같아서

파도 치는 날 바람 부는 날은

높은 파도를 타지 않고

낮게 낮게 밀물져야 한다

사랑하는 이여

상처받지 않은 사랑이 어디 있으랴

추운 겨울 다 지내고

꽃필 차례가 바로 그대 앞에 있다

사랑하는 이여

상처받지 않은 사랑이 어디 있으랴

추운 겨울 다 지내고

꽃필 차례가 바로 그대 앞에 있다

바람 부는 날

　사랑하지 않는 일보다 사랑하는 일이 더욱 괴로운 날, 나는 지하철을 타고 당신에게로 갑니다. 날마다 가고 또 갑니다. 어둠뿐인 외줄기 지하 통로로 손전등을 비추며 나는 당신에게로 갑니다. 밀감보다 더 작은 불빛 하나 갖고서 당신을 향해 갑니다. 가서는 오지 않아도 좋을 일방통행의 외길. 당신을 향해서만 가고 있는 지하철을 타고 아무도 내리지 않는 숨은 역으로 작은 불빛 비추며 나는 갑니다.

가랑잎이라도 떨어져서 마음마저 더욱 여린 날, 사랑하는 일보다 사랑하지 않는 일이 더욱 괴로운 날, 그래서 바람이 부는 날은 지하철을 타고 당신에게로 갑니다.

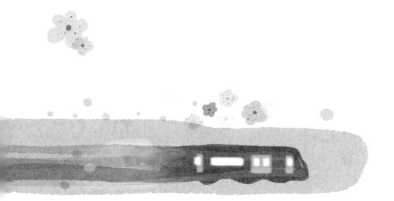

우리들의 우산

비를 가리기 위해 우산을 펴면

빗방울 같은 서정시 같은 우산 속으로

바람이 불고

하늘은 우리들 우산 안에 들어와 있다

잠시 접혀 있는 우리들의 사랑 같은

우산을 펴면

우산 안에서 우리는 서로 젖지 않기

외로움으로부터 슬픔으로부터 서로 젖지 않기

물결 위로 혹은 꿈 위로 얕게 튀어오르는

빗방울 같은 우리 시대의 사랑법 같은

우산을 받쳐 들고

비 오는 날 우산 안에서

서로를 향해 달려가기

비는 내려서 우리의 마음속으로 스며들어

지하수로 흘러가지만

정작 젖는 것은 우리들의 여린 마음이다

우산 하나로 이 빗속에서 무엇을 가리랴

비를 가리기 위해 우산을 펴면

물방울 같은 서정시 같은 우산 속으로

바람이 불고

하늘은 우산만큼 작아져서 정답다

아직 우리에게 사랑이 남아 있는 한

한 번도 꺼내 쓰지 않은

하늘 같은 우산 하나

누구에게나 있다

봄꿈을 꾸며

만약에 말이지요, 저의 임종 때,
사람 살아가는 세상의 열두 달 가운데
어느 달이 가장 마음에 들더냐
하느님께서 하문하신다면요,
저는 이월이요,
라고 서슴지 않고 말씀드릴 수 있습니다.
눈바람이 매운 이월이 끝나면,

바로 언덕 너머 꽃피는 봄이 거기 있기 때문이지요.

네, 이월이요. 한 밤 두 밤 손꼽아 기다리던

꽃피는 봄이 코앞에 와 있기 때문이지요.

살구꽃, 산수유, 복사꽃잎 눈부시게

눈처럼 바람에 날리는 봄날이

언덕 너머 있기 때문이지요.

한평생 살아온 세상의 봄꿈이 언덕 너머 있어

기다리는 동안

세상은 행복했었노라고요.

새는 자기 길은 안다

하늘에 길이 있다는 것을
새들이 먼저 안다
하늘에 길을 내며 날던 새는
길을 또한 지운다
새들이 하늘 높이 길을 내지 않는 것은
그 위에 별들이 가는 길이 있기 때문이다

기다림

까무러치듯 외로운 날빛이

서창西窓에 걸리고

흉흉한 황사바람 몇 날 며칠 부는데

왜 아니 오시나요 왜 아니 오시나요

굳게 닫힌 하늘에

복사꽃은 또 한 번 하얗게 떨어지고

깊은 밤 별들은 새벽빛 수틀 위에 자수刺繡로 뜨이는데,

왜 아니 오시나요 왜 아니 오시나요

청천벽력에라도 못 깨어날

깊은 잠이 드셨나요

극락왕생 별천지에 홀로 단꿈 꾸시나요

까무러치듯 캄캄하고 외로운 이 날에

순정한 마음의 바늘 끝에 뜨이는

아픈 사연 감추옵고

이 마음에 맺혀 있는 철천지 원망을

사랑으로 불꽃으로 모두 오려서

당신 오신 날 밤

길 밝히는 연등燃燈으로 내걸리렸더니

왜 아니 오시나요 왜 아니 오시나요

녹차를 마시며

그대여

눈빛보다 먼저 입술로 오는구나

눈 오는 날 밤이 아니더라도

그대 연록의 잠옷을 입고

뜨겁게 뜨겁게 나를 깨우는구나

봄밤의 푸른 달빛으로 감기는

우리들의 은밀한 접합

알 수 없어라

두 손으로 감싸쥔 잔 속에

그리운 이의 몇 모금 향기이듯

그대여

오늘 밤 내 잔 속에

뜨거운 몇 잎의 몸을

풀어놓고 가시려는가

그대여

오늘 밤 내 잔 속에

뜨거운 몇 잎의 몸을

풀어놓고 가시려는가

흰 찔레꽃

갈현동 선정학교 언덕 아래
우리집은 찔레덩굴집
새벽이면 하늘에서 별들이 내려와
찔레덩굴에 얹혀 있다
서오릉 언덕 넘는 길에
죽은 장희빈도 보았으리라
밤새도록 하늘에서 내려와
찔레덩굴에 얹힌 흰꽃
몸은 낮추었으나 뜻은 하늘로 오르는구나
상심하지 마라, 딸아,
네 가야금산조에
꿀벌들은 날아와 꽃가루를 털고
보이지 않던 여왕마저
흰 드레스로 입궐하신다
숲으로 잘못 떨어진 유성도

독한 향기로 먼 길 찾아오는

흰 찔레꽃!

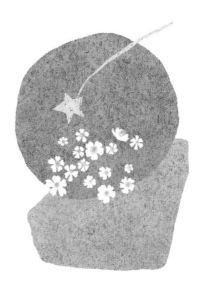

2
그대를 보내며

그대를 보내며

이별은 누구의 삶에서나 찾아오지만
나는 아니야,
나 오늘은 이별이 아프지 않다고
아픈 이별 하나를 잊기까지
오랜 세월 얼마를 흔들려야 했나
세상은 늘 창밖에 거기 그대로 있을 뿐
비는 하늘에서 내리고
나는 창窓 안에서 홀로 젖는다
이 세상 사람들은 모두 알고 있지
삶은 혼자서 걷는다는 것
우리는 서로 스쳐 가고 있을 뿐
이별은 누구에게나 찾아오지만
나는 아니야,
나 오늘은 손 흔들며
그대를 보낼 수 있어

이 세상 사람들은 모두 알고 있지
삶은 혼자서 걷는다는 것

네게 보낸다

눈발이 흩날린다
보온밥통에서 밥을 푸다 말고
나는 문득 네게
문자 메시지를 날린다

벚나무에서 분분히 흩날리는 꽃잎
그 한 잎이 차창 안으로 들어와서
차를 멈추고 나는 문득 네게
문자 메시지를 날린다

잠 이룰 수 없는 밤, 꿈자리 헤집고
창문에 와서 부서지는 달빛 때문에
하늘에 있는 네게
나는 문득 문자 메시지를 날린다

세상 살아가는 모든 날이 가랑잎

나 여기서 이리저리 구르다

손 끝에 찍어서 보내는 글

―눈 온다, 꽃이 진다, 보름달 떴다

네게 보내는 아주 짧은 메시지

그녀의 우편번호

오늘 아침 내가 띄운 봉함엽서에는
손으로 박아 쓴 당신의 주소
당신의 하늘 끝자락에 우편번호가 적혀 있다
길 없어도 그리움 찾아가는
내 사랑의 우편번호
소인이 마르지 않은 하늘 끝자락을 물고
새가 날고 있다
새야, 지워진 길 위에
길을 내며 가는 새야
간밤에 혀끝에 굴리던 간절한 말
그립다, 보고 싶다,
뒤척이던 한 마디 말
오늘 아침 내가 띄운 겉봉의 주소
바람 불고 눈 날리는 그 하늘가에
당신의 우편번호가 적혀 있다

*

나는 오늘도 편지를 쓴다

세상에서 가장 아름다운 여인의 이름
수신인의 이름을 또렷이 쓴다
어·머·니

                  *

새야,
하늘의 이편과 저편을 잇는 새야
사람과 사람 사이
그 막힌 하늘길 위에
오작교를 놓는 새야
오늘밤 나는 그녀의 답신을 받았다
흰 치마 흰 고무신을 신으시고
보름달로 찾아오신
그녀의 달빛 편지
나는 그녀의 우편번호를
잊은 적이 없다

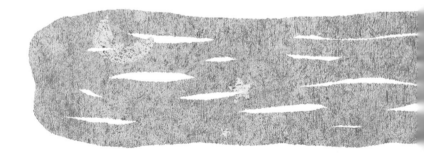

세상에서 가장 아름다운 여인의 이름

수신인의 이름을 또렷이 쓴다

어·머·니

하얀 손수건

슬픔이 있을 것 같은 날은

자수를 뜬다

귀바늘 끝에 와 우는 바람도

바람이지만

수실에 뜨여진 별이랑 난초가

온통 눈물빛이다

슬픔이 어디서 오는가를

누구도 묻지 않았지만

지상에서 채우지 못할 두레박

혹은 살아 있는 이가 떨어뜨린

9월의 가랑잎

아직 사랑이 남아 있는 이의 손수건이다

슬픔이 있을 것 같은 날은

재봉을 한다

바늘귀에 흐르는

실낱 같은 목숨도 목숨이지만

살아가는 일들을 깁고 오려 낸 흔적이

온통 겨자맛이다

이 9월의 넉넉한 햇살 속에서도

아직 꿰매지 못한 우리의 상처

슬픔이 어디서 오는가를

누구도 묻지 않았지만

아마 그것은 우리가 감추고 있는 작은 바다

혹은 사라져 가는 것들이 남겨 놓은

하얀 손수건이다

이 9월의 넉넉한 햇살 속에서도
아직 꿰매지 못한 우리의 상처
슬픔이 어디서 오는가를
누구도 묻지 않았지만

아마 그것은 우리가 감추고 있는 작은 바다
혹은 사라져 가는 것들이 남겨 놓은
하얀 손수건이다

사모곡

이제 나의 별로 돌아가야 할 시각이
얼마 남아 있지 않다

지상에서 만난 사람 가운데
가장 아름다운 여인은
어머니라는 이름을 갖고 있다

나의 별로 돌아가기 전에
내가 마지막으로 부르고 싶은 이름
어·머·니

무영탑

—불국사 3층 석탑

불국사 대웅전 뜨락에 서서

천년 세월

풍우에 깎인 돌과 함께

탑을 떠나지 않는

백제의 석공 아사달이여

돌에 새겨진 연꽃은 지지 않고

사시사철 피어 있다

연못에 몸을 던진 아사녀의 혼이

지금도 연꽃으로 피어 있다

불국사 대웅전 뜨락에 서서

석가여래께서 나직이 설법하시느니

그 말씀 목판 다라니경多羅尼經에 새겨

다음 세상 내세來世의 천년을 건너간다

잠 오지 않는 이국의 밤

서라벌의 달빛은

아사달의 손가락 마디마다 맺혀

아리따운 아사녀의 혼불을 밝히고

돌 하나하나마다 눈물인 듯

무영탑은 소리없이 제 그림자마저 지우는구나.

인사동으로 가며

인사동에 눈이 올 것 같아서
궐闕 밖을 빠져나오는데
누군가 퍼다 버린 그리움 같은 눈발
외로움이 잠시 어깨 위에 얹힌다.
눈발을 털지 않은 채
저녁 등燈이 내걸리고
우모羽毛보다 부드럽게
하늘이 잠시 그 위에 걸터앉는다.
누군가 댕그랑거리는 풍경소리를
눈 속에 파묻는다.
궐闕 안에 켜켜이 쌓여 있는
내 생生의 그리움
오늘은 인사동에 퍼다 버린다.

누군가 퍼다 버린 그리움 같은 눈발
외로움이 잠시 어깨 위에 얹힌다.

그대에게 띄운다

덤프트럭 위에는
내가 그대에게 보내는 수하물이
위태위태하게 적재되어 있고
야반에 고속으로 질주하는
덤프트럭 위에는
내가 그대에게 보내는
서른다섯 송이의 장미 다발과
안전 장치가 풀어진 뇌관,
그리고 기타 등등의 물건 꼬리표에는
수신인의 주소,
내 불륜의 사랑이
모나미 사인펜으로 적혀 있다
이 밤 안으로 나의 덤프트럭을
불이 환한 그대 집까지
당도케 해야 한다

쌍라이트 환하게 켜고

고속으로 달리는 덤프트럭 위에는

내가 그대에게 보내는 수하물이 있고

크라프트지 꼬리표가 달린

내가 있다

덤프트럭 위에는
내가 그대에게 보내는
서른다섯 송이의 장미 다발과
안전 장치가 풀어진 뇌관,

그리고 기타 등등의 물건 꼬리표에는
수신인의 주소,
내 불륜의 사랑이
꼬나미 사인펜으로 적혀 있다

3

탄환

당신의 난로

나는 당신이 가지고 있는 난로를 보아요

연기마저 보이지 않는 불꽃

다른 이에겐 보이지 않는 화염을

나는 당신에게서 보아요

당신 곁에 있으면

나는 늘 화상을 입어요

나는 보아요

영원의 한 순간을

지상의 사랑이 떠올라 별이 되는 것을

나는 보아요

지상의 사랑이 떠올라 별이 되는 것을
나는 보아요

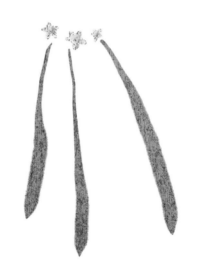

행복한 복숭아

수밀도는 혀가 달고 부드럽다

껍질을 벗기면 수밀도는 부끄럽다

나는 혀를 갖다 댄다

순식간에 부드러운 돌기가 혀끝에서 돋는다

입안 가득 즙이 흘렀다

서늘하고 달고 은은하다

혀가 있으므로 수밀도는 더욱 황홀하다

아이스크림보다 더 부드럽게 혀가 녹았다

혀는 녹고 복숭아는 더 이상 복숭아가 아니다

복숭아는 죽었다

눈을 감으면

복사꽃 한 장은

아직도 달빛 속에 있다

탄환

내가만약당신을조준하여날아간다면

날아가서당신의가장깊은곳에가닿는다면

가닿아서함께불덩이로흩어진다면

흩어져서한순간이영원으로치솟는다면

나는미련을갖지않으리

이승에남길나의소중한것들

내하늘의별과바람과

이승의온갖보석들을버리고

탄환이되리

내가만약당신을조준하여날아간다면

날아가서당신의가장소중한것에가닿는다면……

성냥개비

당신은 모르실 거야

우리가 감춘 약점

아슬아슬하게 우리가 물고 있는 화약

호명이 있을 때마다

차례로 그어 대는 우리의 분신焚身

당신은 모르실 거야

우리 몸속에 저마다 감춘

마지막 화산

머리를 맞대고 가지런히 누워 있으라면

까짓것 포개지고 구겨진 채 기다릴 거야

한 알의 뇌관을

머리맡에 두고

우리를 호명할 때까지 통사痛史나 읽으며

이 가을에⋯⋯

이 가을에⋯⋯

기다릴 거야

당신은 모르실 거야
우리 몸속에 저마다 감춘
마지막 화산

회항
—부산에게

겨울비 내리는 새해의 첫주말

나는 너를 보려고

김포에서부터 날아올랐다

내가 가진 두 장의 은빛 날개

두 눈을 감고서도 고향 가는 길을 나는 안다

육신을 벗어난 영혼의 날기

그리움의 날기

나는 너를 보려고

시시때때 기체를 활주로로 끌어낸다

저 조그만 지상의 불빛이

우리 살아 있음의 사랑의 주소

겨울꿈들이 구름으로 떠올라 있는

네 하늘 위에서

그러나 나는 일순 멈칫거린다

접근 금지.

겨울 폭우 속에 빗장을 굳게 잠근

네 공항 위에서 몇 바퀴 돌고 돌다가

네 얼굴 언저리

두 뺨 위를 돌고 돌다가

깜박이는 비행등을 달고 회항하는

겨울의 내 사랑아

저 조그만 지상의 불빛이
우리 살아 있음의 사랑의 주소

섬

동백꽃잎으로 얼굴 가리고
밤이면 내 바다로 오는 여자,
그리운 섬 하나 머리에 이고
내 배의 이물에 오르는 여자
내 오늘 우리나라 남해에서 흔들리나니
집어등을 켜지 않아도
밤바다는 내 그물마다 넘치나니

불빛이 실리나니

그대가 이고 온 섬 하나에

대륙의 숲과 바람을 가득 채워서

천년의 사랑으로 떠 있게 하마.

다만 사랑할 일 하나만

저 섬에 동백나무로 심어 두고

아침이면 물결로 돌아오나니.

한려수도 물길에 사량도蛇樑島가 있더라

사량도 눈썹 밑에 노오란 평지꽃이

눈물처럼 맺힌 봄날

나도 섬 하나로 떠서

외로운 물새 같은 것이나

품어 주고 있어라

부산에서 삼천포 물길을 타고

봄날 한려수도 물길을 가며

사랑하는 이여

저간의 내 섬 안에 쌓였던 슬픔을

오늘은 물새들이 날고 있는

근해에 내다 버리나니

우는 물새의 눈물로

사량도를 바라보며

절벽 끝의 석란으로 매달리나니

사랑하는 이여

오늘은 내 섬의 평지꽃으로 내려오시든지

내 절벽 끄트머리

한 잎 난꽃을 더 달아 주시든지

사랑하는 이여
오늘은 내 섬의 평지꽃으로 내려오시든지

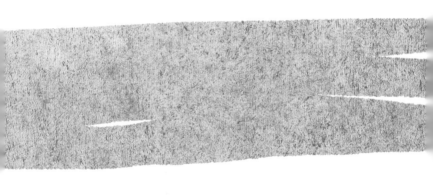

내 절벽 끄트머리
한 잎 난꽃을 더 달아 주시든지

5월의 사랑

그대는 내 남쪽 바다의

작은 섬으로 떠 있누나

섬으로 떠서

그대는 노오란 유채꽃으로 웃고 있누나

맑은 바람 있는 대로 풀어놓고

내 남쪽 바다의 물결을 다스리누나

다도해의 봄밤은 깊어가는데

잠 못 드는 젊은 짐승

내 베갯머리에

물결로 와 찰싹이누나

초파일 꽃등 행렬 위로

물인 듯 바람인 듯

그대는 내 남쪽 바다의

작은 섬으로 떠 있누나

그대, 5월의 사랑아

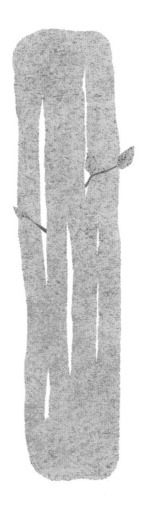

4

가을에는 떠나리라

오늘도 외롭다

세상은 어두컴컴하고 비가 오는데

나 혼자서 비행기를 끌어내어

상공으로 올랐다

구름 위엔 아, 눈부신 햇살

세상은 어두컴컴하고 모두 비에 젖는데

나 혼자서 젖지 않았다

젖을 때 다 함께 젖을걸!

젖지 않아서

나는 오늘도 외롭다

눈

눈은 가볍다

서로가 서로를 업고 있기 때문에

내리는 눈은 포근하다

서로의 잔등에 볼을 부비는

눈 내리는 날은 즐겁다

눈이 내릴 동안

나도 누군가를 업고 싶다

고별

지상의 시간이 끝난 사람이
잠자러 가는 시각,
인간의 이름은 모두 따뜻하다
이 별을 떠나기 전에
내가 할 일은 오직 사랑밖에 없다

풀

사람들이 하는 일을 하지 않으려고

풀이 되어 엎드렸다

풀이 되니까

하늘은 하늘대로

바람은 바람대로

햇살은 햇살대로

내 몸속으로 들어와 풀이 되었다

나는 어젯밤 또 풀을 낳았다

저녁은 짧아서 아름답다

사라져 가는 것보다 아름다운 것은 없다

안녕히라고 인사하고 떠나는

저녁은 짧아서 아름답다

그가 돌아가는 하늘이

회중전등처럼 내 발밑을 비춘다

내가 밟고 있는 세상은

작아서 아름답다

백두산과 선녀

백두밀영 아래 소나기가 내려서
잠시 비를 피해
숲속으로 들었는데
오오, 눈부신 아름다움,
나는 그곳에서 잠시 눈이 멀었다
빗방울 머금은 풀숲 속에는
노랑 꽃대를 밀어올린 곰취꽃이,
우정금 흰꽃이
선녀의 모습으로 옷을 벗고 있었다
나는 그 옷을 몰래 감췄다

가을에는 떠나리라

바람부는 날 떠나리라

흰 갓모자를 쓰고 바삐 가는 가을

궐闕 안에서 나뭇잎은 눈처럼 흩날리고

누군가 폐문에 전 생애를 못질하고 있다

짐朕의 뜻에 따라

가야금 줄 사이로 빠져나온 바람은 차고

눈물이 맺혀 있다

떠나야 할 때를 알면서

짐朕이 이곳에 머뭇거리는 것은

아직 사랑할 일이 남아 있기 때문이다

아직 그리워할 일이 남아 있기 때문이다

흐르는 물이 가는 길을 탓하지 않으며

손금 사이로 흐르는 일생을 퍼담는다

슬픔이 있을 것 같은 날을 가려

이 가을에는 떠나리라

어둠은 잠시, 새날은 눈부시다

누구에게나 새날이 찾아오는 것처럼

지상地上은 누구에게나 길을 내어 준다

새벽의 미명未明을 가르며 달리는 사람

날마다 꿈을 꾸며 세상 속을 달리는 사람

그대 앞에 길은 그대와 함께 달린다

그대 가는 곳에 비로소 길이 열린다

눈을 덮어쓴 먼 산맥의 안위安危

흐르는 강물에게 그 가는 곳을 물어보는 그대,

지상은 온전히 그대의 것이다

사랑하는 사람에게 띄우는

한 줄기 햇살

별빛이 쓰는 하늘의 상형문자

이깔나무숲이나 자작나무숲에서 빠져나온

맑은 바람을 보자기에 싸서

은혜롭고 은혜롭다 고백하는 사람에게

지상은 온전히 그대의 것이다

깊은 밤 울리는 먼 데 종소리에

자기 이름 적어서

가장 소중한 사람에게 보내는 그대

날마다 꿈을 꾸며 세상 속을 달리는 그대

오늘 그대가 흘리는 땀과 눈물은

한겨울에도 향기 높은 꽃을 피운다

오늘 밤 불은 꺼지지 않고

침상 위로 멀리 높이 날아오르는 새

먼 바다가 그대를 향해 파도치며 달려오고

한겨울을 지낸 눈부신 봄꽃들이

사시사철 천사의 이름으로 피어서

그대 이름을 불러 준다

살아가는 일에 상처받더라도

그대여, 다시 일어나라

어둠은 잠시일 뿐, 새날은 눈부시다

세상은 모두 그대의 것이다

깊은 밤 울리는 먼 데 종소리에
자기 이름 적어서
가장 소중한 사람에게 보내는 그대

남기는 말씀

바람이 부는 것을 허락하였고

꽃이 피는 것을 막지 않았다

봄이 오는 것을 허락하였고

봄이 가는 것 또한 막지 않았으니

다툴 일 하나 없다

사는 일 이 같으니

짐朕의 마음 가뿐하다

잠시 머무는 땅

사랑할 일 너무 많다

천년 뒤 또 바람이 불고

꽃이 피거든

짐의 궁성宮城에 사는 모든 이들

이같이 하라

서른다섯 살의 사랑과 불꽃

사랑하는 당신, 나는 당신을 생각하오.

오늘은 눈 덮인 겨울산을 오르오. 겨울나무와 숲들은 은빛의 털옷을 입고 새로 깨어나고 있었소.

안개가 얼어서 흰꽃으로 날리며 나뭇가지와 덩굴마다 은빛의 화환을 걸어 주고 있었소.

깊은 계곡의 물들은, 눈동자가 맑은 여인의 피부를 가진 겨울산의 흰 실핏줄 속으로 스며들어 보이지 않았지만, 나는 끊임없는 그 고요한 지껄임을 엿듣고 있었소.

눈보라와 바람 소리, 발목까지 빠지는 눈을 털며 오늘은 겨울산을 오르오.

사랑하는 당신, 나는 당신을 생각하오.

어릴 때 나는 당신의 얼굴을 몰랐습니다.

산에서 바라보는 남해의 초록빛 봄바다는 알 수 없는

세계와 닿아 있었지요.

　뒷산으로 오르면 산은 어깨를 낮추고 나를 잔등에 올릴
때까지 기다리고 있었지요.

　마른 풀잎들, 무덤 옆에 숨어 있는 할미꽃을 한 송이, 두
송이 꺾을 때마다 내 가슴 속에 감춰진 이름 모를 우수와
슬픔이 뚝뚝 소리를 내며 꺾어졌습니다.

　수평선 위로 사라지는 무역선 안에는 따스한 봄바람
과 남해의 초록빛 봄바다가 몇만 톤쯤 실려 가고 있을
것으로 생각했습니다.

　아버지가 돌아가실 때에도, 이 지상地上과의 마지막
고별을 하고 나무판자로 만들어진 관 속으로 아버지가
들려져 가실 때에도, 나는 이 뒷산에 올라 나의 슬픔인
철쭉꽃을 한 송이 두 송이 뚝뚝 꺾었습니다.

　칡덩굴을 캐고 까치밥을 따면서도 나는 무엇이 나의

슬픔으로 오는지, 무엇이 나의 그리움으로 오는지 몰랐습니다.

산 너머 바다 건너 더욱 멀고 먼 어디에 당신의 얼굴을 한 미지의 나라가 아련히 있을 것으로 생각하였습니다.

어머니 같고 누이 같고 아내 같은 혈연의 그윽함을 생각하였습니다.

탱자나무 울타리의 가시에 찔렸을 때의 아픔이 순간에 오듯, 당신에게서 받는 고통스러운 밤이 순간에 온 것은, 달 밝은 밤 옥수수밭에 들어가서 젊은 날의 슬픔을 실컷 울었던 어느 여름밤이었거나, 내 영혼의 등잔에 불을 당겨 준 수녀님이 우리 집을 다녀간 그 청순한 봄밤이었거나, 장미꽃을 코끝에 대고 깊게 심호흡을 하던 황홀한 어느 여름밤이었거나, 아마 나의 감성이 면도날보다 더 푸르게 날이 서 있던 날 밤이었습니다.

나는 잠을 잘 수 없는 고통 속에 빠졌습니다.

나는 당신의 혼영을 그리워하고, 날마다 거인巨人을 꿈꾸었습니다.

나의 정신은 연기를 뿜었고, 나의 영혼은 불꽃으로 이글거렸습니다.

날마다 거인의 꿈을 꾸었으므로 나는 나의 침구를 거인의 키에 맞추려고 노력하였고, 우리 집을 고쳐 더 크게 지으려 하였고, 걸옷과 속옷마저 큰 것으로 맞춰 입으려 하였습니다.

당신을 만나기 위해서, 당신을 즐겁게 하기 위해서 나는 나의 덩치를 키우려 했었지요.

내가 가진 불꽃과 아픔은 나를 성장케 하였습니다.

나의 꿈과 고통은 나를 길러 준 어머니의 자장가였습니다.

젊은 날, 나는 그분들을 만났습니다.

내 삶의 갈피 속에 숙명처럼 끼어든 그분들을 만났습니다. 그분들은 혹한의 겨울에도 변하지 않는 푸른 댓잎을 지니고 있었습니다.

면암·매천·전봉준·단재·만해·육사⋯⋯.

학대받고 짓눌린 사람들의 아픔과 어둠이 나의 대뇌

속에 크게 자리잡기 시작할 때, 환영 속에서만 나타
나던 당신의 모습이 비쳐 있습니다.

나는 당신을 비로소 보았습니다.

그때 당신은 묶여 있었고 재갈이 물려 있었고 맨발의
슬픈 모습을 하고 있었습니다.

아아, 당신을 향한 그리움, 어찌할까요.

당신을 사모하는 기다림, 어찌할까요.

그러나 당신은 고개를 모로 젓습니다.

그리고 눈을 감습니다.

십자가에 매달린 그분의 괴로운 눈빛, 피투성이가 된
그분의 손바닥에 박힌 못을 슬퍼하는 이는 많지만, 누구
하나 얼굴 붉히고 나서서 대신 고통을 거두어 들이려는 이
는 없습니다.

당신은 이제 아무 말씀도 하지 않으시지만, 나는 당신
이 계신 곳의 창문을 두드리고 또 두드리고 싶습니다.

그리고 당신 이름을 부르며 당신을 깨우고 싶습니다.

당신을 위하여 나는 고통과 불꽃을 준비합니다.

당신을 위하여 나는 그제도 쓰고 어제도 쓰고 오늘도 씁니다. 내일도 쓸 것입니다. 그리고 죽는 날까지 당신을 위하여 써갈 것입니다.

그린이 백선제
서울 출생. 그래픽 디자인 회사와 시사 주간지의 아트 디렉터로 오랫동안
일했다. 현재 목포에서 서점 〈고호의 책방〉을 운영하고 있으며 프리랜서
디자이너로 활동하고 있다.

그대 앞에 봄이 있다
김종해 서정시집

초판   1쇄 발행일 2017년 2월 10일
초판   2쇄 발행일 2019년 2월 27일
개정판   1쇄 발행일 2023년 5월 23일
개정판   2쇄 발행일 2023년 11월 24일

지은이·김종해
그린이·백선제
펴낸이·김종해

펴낸곳·문학세계사
주소·서울시 마포구 신수로 59-1(04087)
대표전화·702-1800 | 팩시밀리·702-0084
이메일·munse_books@naver.com
www.msp21.co.kr(문학세계사)
출판등록·제21-108호(1979. 5. 16)

값 12,500원
ISBN 979-11-93001-10-3 03810
ⓒ 김종해, 백선제, 2017

이 도서의 국립중앙도서관 출판예정도서목록(CIP)은 서지정보유통지원시스템
홈페이지(http://seoji.nl.go.kr)와 자료공동목록시스템(http://www.nl.go.kr/
kolisnet)에서 이용하실 수 있습니다. (CIP제어번호:CIP2017001922)